Ye

2534

LE DESESPOIR

DE

MAZARIN,

SVR LA

CONDAMNATION

DE SA MORT,

ET L'ADVEV QV'IL FAICT DE TOVS ces crimes, En faueur de Messieurs les PRINCES, Et des Bourgeois de Paris.

PRESENTÉ A SON ALTESSE ROYALE.

A PARIS,

M. DC. LII.

LE DESESPOIR
DE MAZARIN,
SVR LA CONDAMNATION DE
sa Mort.

Et l'Adueu qu'il fait de tous ces crimes en faueur de
Messieurs les Princes, & des Bourgeois de Paris.

A Deux genoux la Teste basse,   *Epilogue.*
  Ie viens vous demander pardon,
Mon Dieu escoutez mon faston
I'implore voftre saincte grasse.

  Ie sçay bien qu'il me faut mourir,
C'eft pour satisfaire à mes crimes,
Ce font des Arefts legitimes,
Personne ne m'en peut secourir.

  Falloit-il que dedans la France,
Ie commie tant de l'afcheté:
A ce Peuple plain de bonté,   *Sur l'Emi-*
Qui me califioit d'Eminence.   *nence.*

  Il eft vray que c'eftoit mon Nom,
Ie caufois toufiours milles troubles,
Et comme l'Eminans des Fourbes,
Ie meritois bien ce renom.

A. ij

4

Ie fesois voir mon Eminence,
Parmy toute infidelité :
Ne voulant point de verité
Loger dedans ma conscience.

Dés mon bas aage ie commansois
De chercher cette Eminence :
Et de iour en iour quand i'y pense
De vice en vice ie cressois.

Ie commançay dés le mensonge,
Mesme auant que d'auoir huict ans,
Y voulans parestre galans :
Des petis aux grand ie me plonge.

Ie promettois d'vne façon,
Mais ie faisois tout le contraire,
Et c'estoit tout mon affaire,
Que d'estudier cette leçon.

Estans Architecq en ce vice,
I'allois faire le courtisans :
Et en faisans du complaisans
Ie m'enparay d'vne autre Office.

Mon Pere n'ayant pas trop de bien
Pour entretenir bonne Table :
Cela m'estans d'esagreable :
Ie m'aduisay d'autre moyen.

Ie m'adonne à la gloutonnie,

Depuis l'aage de puberté :
Laquelle iamais ie nay quité
Affin d'asouuir mon énuie.

Quand

Quand ie voy ce Riche glouton,
Eftre plongé dans les abyfmes:
Et mefme pour bien moins de crimes
l'aprehende le Dieu Pluton.

Ha ? mon Dieu que ie fuis coupable,
En dois-ie efperer le pardon,
Pour m'eftre mis à la bandon,
Affin que iuffe bonne table.

C'eft à vous Dieu Souuerain,
A qui ie me dois adreffer,
Ne vueiller donc pas en chaffer:
Ce miferable Mazarin.

I'embraffe le libertinage,
N'ayans pas des ans plus de vingt,
Et ne croy pas que les Caluains
En puiffent faire d'auantage.

Ie continué auecque éxes,
Ie fert mefme au maquerelage,
Et i'entire de fort bons gages,
Ce qui caufe mon mefchans fuxes.

Viuans dedans cette pofture,
Faifans d'exefciues repas,
Apres mefme ne cognois pas,
D'offencer Dieu contre nature.

Dedans c'eft eftat mal-heureux,
Ie fuis a qui le plus me donne,
Ie ne confidere perfonne,
Et le gain me rent genereux.

B

Sur
l'Atheïsm.

Ie soustiens qu'apres cette vie,
L'on ne doit plus pretendre rien:
Et que celuy qui a du bien :
En doit contenter son enuie.

Sur le com-
mancemes
de sa for-
tune.

Estans d'esprit pernitieux,
Vn Seigneur m'ainé de la sorte,
Il m'appelle pour son escorte
Ayans besoin d'vn sedicieux.

Ie parois comme vn Gentil-homme,
Ie fais desia le courtisans,
En frequantans les plus puissans.
De ceux que l'on voyoit dans Rome.

Ie consoy dans mon opinion,
Qu'il faut que l'aueugle fortune,
M'esleue vn iour proche la Lune,
Pour seconder ma passion.

Mon Dieu qu'elle est mon arogance,
Quand ie pense monter si haut,
Mais n'est-ce point sur l'eschaffaut
Où l'on verra mon Eminence.

Enfin ie prens l'occasion,
Apres cinq année de seruage ;
Ie may aux armes mon courage
Et veux faire plus que Gassion.

Sur son
despart de
Rome.

Estans dedans vne furie,
Apres mille forfaits commis :
Et mesme contre mes amis,
I'abandonne là l'Italie.

Ha ! pleuſt à Dieu qu'en les combats?
Et meſme à la premiere alarme,
On mut contrains de rendre l'ame,
En renuerſans ma Teſte à bas.
  L'on ne vayroit pas c'eſte France,
Dans la langueur inceſſamant,
Cryant contre Dieu hautement
Ha : Seigneur donnez-moy vangeance.
  Neantmoins dans vn Riche Lieu,
I'ay trouué la meilleur place
Et en conqueſtans ceſte grace :
Ie me ſuis eſloigné de Dieu.
  Dieu du carreau de voſtre foudre,
Que vous l'autate à Lucibel,
Ie ſuis de meſme criminel :
Que ne me m'eſtez-vous enpoudre.
  Me voila bien recus du Roy,
Conduy par vns tres-grans Monarque,
Qui pour moy luy donne des marques
De la ſurance de ma foy.
  Pourquoy n'euſte-vous cognoiſſance,
Sire de mon infidelité,
Sans doute m'euſſiez rejeſté,
A prenans mon intelligeance.
  Voyla le Cardinal mort
Auſi-toſt ie remply ſa place,
Et vous me fiſte ceſte grace,
Faiſant à la France vn grans tort.

I'y ay vaycu douze année,
En à pauurisans les François,
Par les ordres que ie donnois,
La France est tout à fait Ruynée.

I'entre en ceste charge en renart,
Ie prens le tiltre d'Eminance,
Ie tesmoigne vn peu de clemance
Mais iy vy en vrais leopart.

Conduy par vn mauuais genie,
Pour contenter mon ambition:
I'augmante ma condition
Par vne meschante manie.

Dedans le pouuoir que ie tiens
Ie fais leuer de grandes sommes,
Que ie fais mener droict à Rome:
Afin d'en enrichir les miens.

Ie m'en pare des plus belles office
Et du bien d'autruy i'en fais mien,
Pour augmanter mon entretien
Ie prens partout des Benefisse.

I'ay dans mon accompagnement
Des geans de sac, & de corde,
Qui sont choisis tous à mamode,
Pour me seruir fidelement.

Neantmoins ie fais l'hypocrite,
Alans quelque fois au sermon:
Mais i'ayme bien mieux charanton
Que ie ne fais vn pauure hermitte.

Et

Et comme vn miniſte d'Eſtat,
Ie peu d'eſtruire & refaire,
Mais ie renuerſe les affaires
Et ſuis Miniſte d'Atantat.

Mon Dieu vous voyez dans mon ame
Rien ne vous peut eſtre caché:
Et vous ſçauez que tout peché
M'a rendu tout à fait imfame.

Conſiderez moy dans l'Orgueil,
Suis-je pas l'Eminantiſſime
Ie prens le nom le plus ſublime
Afin de ne voir mon pareil.

Ie ne fi iamais defferance
A ceux qui ſont du Sang Royal,
Et voulois qu'a moy Cardinal
Ils cedaſſent la preceance.

Ceux qui auecque iuſte raiſon
Ne me vouloient ceder la place,
Ie les m'eſtois dans la diſgrace
Et quelque fois dans la priſon.

Par vne tres pure malice,
Seulement dedans ce peché
I'y ſuis de mille ſorte attaché
Dans la pratique de ces vices.

Dans lauarice vous voyez
Comme i'ay donné mille niors,
En eſpuiſans tous les treſors
Que ie prenois de tous coſtez.

Sur l'Or-
gueil.

ſur l'aua-
rice.

Et pour le peché de l'Enuie,
Combien aye fait d'atantar,
Feignans estre vns coup de l'estat
Sur be aucoup i'ay tanté la vie.

  Quiquonque ne me complaisoit,
Estoit desia trop misarable:
Car ie l'affligeois comme vn Diable
Tant, qu'a la fin m'obeyssoit.

  Iamais ie n'aymé la concorde
Dans la Cour ie may diuision
Et c'est toute ma passion
De sumer tousiours la discorde.

  Tous ceux qui parroissent zelés
Pour le seruice du Roy, mon Maistre,
Ie les accuse d'estre traistre :
Et fais tant qu'ils sont ézilés.

  Et par vne mortelle enuie
Sans auoir aucune Raison,
Ie donne deux fois du poison
A vn Prince de bonne vie.

  Par vne insigne trahison,
I'ay suscité dedans la France,
Des faux bruis auecque esperance
De causer vne sedision.

  Et afin de perdre trois Princes,
Sans cesse declarois au Roy,
Sans doute qu'ils trahisoient leurs foy:
Et perdoient toutes ces Prouinces.

Ie mais au bout ma trahison
Et ces Princes sans aucun crimes,
Par des ordres illegitimes
Sont conduits dans vne prison.

Ie fais trois Innocens coupables,
Et dedans mon intention,
Veut perdre leurs reputation
Par des escris abominables.

Ie declare à sa Majesté
(Laquelle volontiers m'escoute)
Disans qu'ils sont attains sans doute
Du crime de leze Majesté.

Par vne fauceté insigne
D'y, qu'en vers Dieu ils sont pareils,
Et tout de mesme criminels
De leze Majesté Diuine.

Par ce crime ils peuuent mourir,
C'est pourquoy ie le contreuue :
Et voudrois auoir de la preuue
Afin de les faire perir.

Sans preuue ie me deconforte,
Neantmoins dedans la prison
Plusieurs fois i'enuois du poison,
Pour les faire perir d'autre sorte.

Mais ce grand Dieu ne permet pas,
Que lon donne à leur innocence,
Apres tant & tant de souffrance
Pour recompance le trespas.

Leurs vertu caufent leurs vices,
Car c'eſt pour n'eſtre vitieux :
Qu'il m'ont eſté trop odieuxs
Pour n'eſprouuer pas ſes ſupplices.

   Princes vous eſtiez trop fidels
Et enpechies ma tiranie,
Qui eſt cauſe que mon enuie
Vous à randu ſi criminels.

   Vous aymés trop voſtre patrie,
Et pour eſtre des fauoris :
Il vous failloit perdre Paris,
Puiſque l'on en auoit enuie.

   Mais iamais telle lacheté
Na put ſouiller voſtre belle ame,
Si contre elle on à veu vos armes
Conty eſt pour ſa ſeureté.

   Condé Liluſtre & Magnanime
Si ie vous ay tiraniſé
C'eſt par ma pure meſchanceté
Ie ſçay que vous eſt ſans crime.

ſur la bien-
ueillance
des Pari-
ſiens.
   Prenés en voſtre protection,
Paris l'incomparable Ville,
Elle vous prent pour ſon azile;
Cognoiſſez ſon intantion.

   Ne l'accuſés d'eſtre compliſſe
Des forfaits commis contre vous,
Car par moy on les feſoit tous :
L'argeans eſtoit mon artifiſſe.

Connoiſſans

Connoiſſans meſme la paſſion
De ce peuple qui vous eſtimé,
Ie croy en ſuppoſans des crimes
Perdre voſtre reputation,

On recognoit voſtre Innoſance
Par l'induſtrie du Pariſien
Qui ne voulant que voſtre bien
Demande voſtre deſliurance.

C'eſt moy qui ſuis le criminel,
I'ay cauſé ſeul tous ces troubles
Et par le moyen de mes fourbes,
Ie ſuis en tout vice nonpareil.

Ha mon Dieu quel penitence
Faut-il pour mes peſchés commis !   *ſur ſon de-*
Ie n'ay fait que des ennemis   *ſeſpoir,*
Qui de moy demandent vangeance.

I'ay pratiqué les ſept peſchés
Chacun de plus de mille ſorte
Ma confiance en eſtoit la porte
En laquelle ils eſtoient cachés,

Où faut-il donc que ie me meſte !
Mon malheur eſt tout aſſeuré
Et dedans le Ciel aſuré
I'en voy pareſtre la comeſte.

Mais l'œil du grand immortel
Cognois mes fais, & ſçait le nombre
Qui ſeruira pour me confondre
Au grans iugement ſolemnel.

L'audace touſiours me ſurmonte
Mais ie ne ſçaurois pas rougir
Voyant comme on me doit punir
Ma Callotte en rougit de honte.

   Le Parlement à intereſt,
De promeſtre vne grande ſomme,
A qui liurera ma perſonne
Ayans meſpriſé ces Arreſt.

   En Iuſtice à prix eſt ma teſte,
Et celuy qui la donnera
Où bien vif me liurera,
Cinquante mille eſcus conqueſte.

   François ſçait tu bien ce que vaut
Vne choſſe du tout mauuaiſe?
Et qui ta mis dans la malhaiſe,
Dont tu en donne vn pris ſi haut.

   Ie taſure que ma deſtiné
Te recompanſera du prix,
Auſſi-toſt que m'auras priſ,
Où que tu me l'auras couppée.

   Viſſe elle ne valut iamais rien
Mais morte bien plus que ta ſomme
Puis qu'elle vient de ce ſainct homme,
Liluſtriſſime Mazarin.

   Nayez point pour moy de clemance
Sire, ie confeſſe que i'ay tort,
Il faut qu'on me donne la mort
Pour le ſuport de voſtre France

Apreſens icy vous dis adieu
Puiſque ie vais quitter la France,
Ny ſouffrez iamais d'Eminance
Si voulez la Paix en ce lieu.

  Adieu donc charitable Reyne,
N'ayez compaſſion de ma mort:
C'eſt la recompence du ſort
Ne vous en m'eſtez point en paine.

  A Dieu Meſſieur les courtyſans,
Prenés garde à ma decadance,
Et ne ruinés ainſi la France:
Souyéz plutoſt des Artiſans.

  Illuſtre Sang de nos Monarques
GASTON, le ſuport de nos Roys,
Vous ayans trompé tant de fois
De douleur i'en ay quelque marques.

  Adieu ie ne vous verray plus,
Et d'vn tres grans deſpit i'en rage
De voir que voſtre courage,
Rent mes efforts tous ſuperflus.

  Dieu conſeruez c'eſte Iuſtice,
Faite qu'elle face tout auſſi bien
Tous les proces comme le mien:
Tout cera en bonne police.

  Si vous ne me pouuez treuuer,
Ne doutés pas de ma perſonne:
Car au Diable ie m'abandonne
Quand il me voudrat enleuer.

F I N.

Concluſion.